JN115661

歌集

遠海鳴り

屋部 公子

砂子屋書房

＊目　次

とほき叛乱 11
雨の洛東 18
暗き眼窩に 23
無言歌 28
嘘でせう 34
昭和の少女 39
秋いろの道 45
大国林道 48
卓を灯して 57
喜如嘉七滝 64
浜比嘉の旅 68

一つを灯す　83
深浅の青　88
菩提樹は伸ぶ　93
波上の浜　99
風のこゑ　107
追儺の豆　113
過る翳　118
伊集の花　123
戦時の電車に　128
いのち　132
那覇大綱挽　141

新しき明日の 148
父のトランク 154
百足旗 159
チビチリ洞 167
黄金森 171
桜追ふ旅 176
無言館 181
絹の道 187
八木重吉記念館 192
何の花の香 198
遠海鳴り 204

久米（くにんだ）なかみち　212
あとがき　219
略歴　222

装本・倉本　修

歌集　遠海鳴り

ときほき叛乱

雪降ると聞けば記憶の甦るときほき二月のときほき叛乱

叛乱の昭和の二月煙らせて今日も桜に雨の降り染む

モノクロの記憶の上に霞網かけたる如し二月の雨は

わが裡の昭和老いたり網膜の奥にかの日の雪
は降りつつ

極みたる緋寒桜の重なりの曇り硝子に濃き紅
を刷（は）く

島のさくら早ばやと散りふり仰ぐ雪の記憶を
持たざる空を

ぬくめむと靴先に入れし唐辛子戦時は果敢無
きものをも頼みき

夜なべして六人の子のセーターを編みゐし母
のかの細き指

基地のフェンスに誰（た）が結びしやレジ袋千切る
るほどに風のいたぶる

二月(ニングワチ)風廻(カジマーイ)り疾く吹ききたり逆髪となりたるわ
が影鬼女となりゆく

素つ気なき高きビル増え朝どりの囀るこゑの
遠のきし街

たゆたへる心に届く雨の日の霧笛は悲歌の旋
律を曳く

雨の洛東

貧しかりし日々も懐かしと思ひ出を頰ゆるませて語りゐし父母

若き日の父母のおもかげ拾はむと訪へる白川
雨降るばかり

初めての冬にふる里沖縄をひた恋ひにきと若
き日の父母

京の寒しのぐと背に新聞紙入れしと母は昔語りに

筆耕の手間賃入れば父と母屋台の熱きうどん啜りしと

吉田山雨に霞めり校門の辺に追ふ父の面影も
また

濡れそぼち雨の疎水に佇つ鷺のか細き脚にみ
づはまつはる

水透ける疏水の石に沢蟹の動き閑けき雨の洛東

暗き眼窩に

降りつげる睦月きさらぎ心塞ぐ遺骨収集の季（とき）
めぐりきて

遺骨収集の時期（とき）なる二月風冷えて野にさびさびと枯草動く

戦没者まだ土深く眠る島掘られし遺骨は朽葉色見す

戦死者の大腿骨に刺さりたるまま弾丸錆びつきてをり

貫通せし弾痕額（ぬか）にある頭蓋いできぬ戦後七十年経て

たたかひの惨うつたふる頭蓋骨暗き眼窩に悲
しみ湛ふ

寒雨降る今日も収集待ちてゐむ沖縄にねむる
御魂幾柱

一人（いちにん）の食器を洗ふ水の音しづかなる夜をしば
し賑はす

海上に黄金（クガニ）の道を拓きたり東シナ海の果てに
没る陽の

無言歌

のぼり来て嘉数高台戦跡を暗め降る雨したたりやまず

トーチカのまなこ遮り草木生ふる嘉数高台に
沁む雨の音

嘉数高台に臨むヘリポート基地　並ぶ機は雨
後の光を鋭く返す

雨あとの清明祭（シーミー）の墓にぬかづきて焼く紙銭（ウチカビ）の
炎の低し

ひねもすを水槽に泳ぐ熱帯魚の青きは恋へり
夏の海原

前をゆく車たちまち掻き消して豪雨は白き緞帳となる

朝なゆふなクリーム摺りこむ手の皺は祖母(おほはは)の
そして母の手のごと

点眼も日課となりぬ老いづけば錆びし機械に
油さすごと

わが夢に逢ふは隠り世の人ばかりしばし現に
戻れぬ心

けふひと日孤島のごとくゐる我をメンデルス
ゾーンの「無言歌」包む

嘘でせう

嘘でせう〈日本軍は敗けている〉と夕庭に白
き米軍のビラ

背丈違ふ姉と担げる天秤のぎくしやくとせり
戦時の汲取り

竪穴式住居の如き防空壕(がう)に住む人の魚焼くけ
むり焼け跡に細く

茶がら多き雑炊に配給の岩塩は苦味ばかりを
口に残しき

大戦の飢ゑ忘れじと作り来しスイトンなりき
七十年迎ふ

忘却の彼方に去らぬ戦ひの彼の日々ずんと重
たき八月

間を置きて山より木菟（づく）のこゑ幽か闇の底ひに
更けゆく村落（むら）に

渡り来てここに果てゆく鳥もゐむ夕光(かげ)にぶき
晩夏の湖

昭和の少女

渡満の船魚雷に沈み乗り遅れし父存へり昭和
の日日を

福建より伝来すとふ馬艦船（マーランせん）帆の渋茶いろ蒼海
に映ゆ

マーラン船復元に偲ぶ琉球の島々に運輸の役
せし往時を

夏海に漕ぎ出だしたるマーラン船われの裡なる琉球醒ます

七十年経れど八月またしても軍需工場の油臭（あぶらしう）思ふ

靴底を夜毎繕ひ工場に通ひし戦時の歩の重かりき

八十女こころは昭和の少女にて消化なし得ぬ戦時ひきずる

鉛筆は転がりやすし転がりて記さむことも行
方不明に

泰山木のはなは楊貴妃おもはする風ゆるらか
に香を揺らすとき

どつぷりと「聖戦」「神風」につかりゐし過去
の苦水（にがみづ）おもふ八月

秋いろの道

梔子の咲(ひら)く季(とき)きて遠き日の恋のかをりに捉はれてゐる

丘の上に街の灯めでし日を胸に　君も老いたり吾も老いたり

ゆくりなくあくがれびとに逢ひしごと金木犀の香に立ちつくす

秋の日の郵便受けに一枚の落葉のやうに友の
訃はあり

薬袋の減ることのなき身を運ぶ病院帰りの秋
いろの道

大国林道

島の北部（きた）大宜味・国頭ふた村の山をかき分け
林道くねる

村二つの頭文字にて名付けたり大国林道木洩れ陽ゆたか

拓かれし林道に棲家失はむヤンバルクヒナもナミエ蛙も

四十五億を費やし成れる林道に小さき生物の
滅びゆかむか

イボイモリ・ノグチゲラの絵看板あれど林道
にその気配なし

やはらかに白き薄雲移りゆく冬に入りゆく山の上（へ）の空

存分に口開け山の気と共に大き握りめし頬ばるは楽し

仙境に踏み入りたるや身のめぐり緑したたる
樹木のきらめき

紅燃ゆる山茶花の蜜の味さぞや蜂に冬蝶のし
げく出で入る

林道に行き遇ふ車稀にして樹樹は気儘に枝さし伸ぶる

樹樹繁る山の湿りに命得てヘゴの広ぐる葉の若みどり

ほとばしる山の真清水掬ぶ掌に溢れ溢るる水
の感触

戦世（イクサユ）は石蕗（つは）も食せしとふ歌を思ふ林道を走り
ゆくとき

奥山に石蕗(つは)は黄の花掲げたり誰見るとなきそ
の黄の花を

オホムラサキシキブか車窓にわが見しは紫つ
ぶら実木隠れの艶(えん)

削られし山肌いつしか覆ひたるホウビカンジ
ュのみどり簾なす

卓を灯して

置時計・柱時計に腕時計老いのめぐりの刻速めくる

小走りの音刻むなりメトロノーム、余生とい
ふを惟ひゐるとき

ひとり居を嘆くなかれと折ふしを居待(ゐまち)月・臥(ふし)
待(まち)月窓に泛べり

閉ざさむと寄る窓の上（へ）に滲みたり雨もよひの
夜の月は淡黄

一房の葡萄を盛らむ銀（しろがね）の皿となりたる夜半の
三日月

ゆふかげに縁取られつつ一舟の辷り出だしぬ
名護（なご）の入江を

ふさぎの虫連れだすやうに白き舟の水脈しろ
くひき小さくなりゆく

瀬底(せそこ)大橋くぐりて白き波しぶく舟は紺青の海
を切りつつ

またの逢ひいつと知れねば長々とほどかずに
ゐる別れの握手

住所録ためらひにつつ線を引く大歳の夜の卓を灯して

祝箸一膳となりて元旦のわが寿言を聞くは吾のみ

何処からかマザーグースの歌もれ来つひに一
人となりし此の家

喜如嘉七滝

ああ喜如嘉かの山村に生れなば少しこの世がたのしくありけむ
池宮城寂泡

「七滝拝所」の文字掲げたる小さき鳥居くぐれば清（さや）に滝よりの風

いにしへゆ厳(いつく)しき自然をうやまひて祈りつぎ
来ぬ人ら真摯に

山肌に順ふ水の七曲り喜(き)如(じよ)嘉(か)七(なな)滝(たき)草木ぬらし
つ

滝に添ひ上げゆく視線の果てのそら樹々のそよぎに小さき碧見す

わたる風、鳥の囀りをりをりを滝音と和し杜は息づく

七滝の音遠ざかりほそみちを糸芭蕉そよと囁きかくる

山村の地を掬ふがにすいすいと琉球ツバメ吾があとさきに

浜比嘉の旅

開闢神の踏ましし浜か潮風に軍配昼顔　葉を
ひらめかす

伝承の女男の祖神御座す洞を訪ひゆく森に霊気を感ず

*男神シルミチュー・女神アマミチュー

百八段喘ぎきて入る石灰洞の隆起ふみゆく足おぼつかな

木下かげ小暗き奥の拝所（ウガンジュ）に掌を合はすとき八方無音

木の精（キーヌシー）ひそみてゐむか榕樹（ガジュマル）の気根のヴェールかすかに揺らす

洞内の祠はすでに燭ともり何を願ひて人は去にしや

身を折りてそろり入りたる暗き洞燭影ほつほつ揺るるのみなる

濡れ光る石灰洞の此処かしこ燭は囁くさまに
揺らめく

浜比嘉（はまひが）の比嘉の突端アマミチューの墓所は見
放くる太平洋を

信仰の深き島人の祈る声と潮騒をきくアマミチューの墓所

ペットボトルの蓋をかむりてヤドカリは砂に小さき影を曳きたり

肌荒き石灰岩に丈低くソナレムグラの白き十字花

隙間なく積み上ぐ技に見惚れ佇つ琉球石灰岩の垣の直線

文化財とならむ屋敷に迎へくるる八十五歳の
媼健やか

女手に戦後を守り来し家の犬槙(チャーギ)造りは百年経
しとふ

旧知のごと旅人われらに茶菓すすめ明るく語る島の媼は

島巡りの疲れ癒さる波音にまぎれず高き鶯のこゑ

浜比嘉の指呼の間に見ゆ浮原島（うきばるじま）みどりの丸き
クッションのごと

基地なるや基地もどきなるや浮原島米軍ヘリ
の演習場とふ

ヘリコプター発着訓練終りしか島飛びたてる
一機雲間に

備蓄タンク整然と並む宮城島ゆふ凪の湾挟み
て鎮もる

たをやかにかつ速やかに寄る波に抗ひもせず
浸蝕さるる岩

海流に一つ繋がる国々と思へば憧れの地も身
近にて

舳あげ波蹴立てゆく一艘の航跡白き泡を盛り上ぐ

まばらなる家々の灯も消えたるや波音ばかり浜比嘉の夜

寄するより引く波音を著く聞くマイナス思考
のわれの双耳は

島抱く海より寄する重波（しきなみ）の音は優しき母のラ
ラバイ

灰色に水浅葱はや縹いろ明けゆく海の変幻の
彩

早起きの賜としも雲間洩るる一会の太陽（ティダ）を目
に焼きつくる

一つを灯す

歳月はうから連れ去りそして今、独りのため
の一つを灯す

一人居の朝の始まり慎ましき食事の碗に黄身あはき卵

思考力おとろふるのみ靄がかる袋小路にまた踏み迷ふ

五百歩が限界の足休め佇つ老いに樹もまた古りし葉降らす

老いの旅たやすからねばまた何時と思へるときし空しさは充つ

こんなにも愛しきものか子よ孫よ今宵は共に
湯豆腐かこむ

息子の電話切りたる後にまたも悔ゆけさも愚
痴のみ言ひし吾かと

幾十年居場所を捜し迷ひ来てとどのつまりは
此の台所

大き夢みる齢ならぬにゆめ湧きてをかしさ八
分に淋しさの二分

深浅の青

限りなき新春の陽にきらめける凪ぎたる海の
深浅の青

空き屋台一つ残りて松取れし波上宮(ナンミングウ)は風音ばかり

冬のこころ燃えたたすべし花びらの重なり深き山茶花の垣

群青の海を覆ひて深みゆく夜闇はひそか波の
音研ぐ

隠されて負戦(まけいくさ)知らず励みゐし少女の日々の苦
く凝れる

また明日と別れて再び会はざりき東京大空襲
死者十万余

空襲の止むまでを伏し少女の日胸に凝れる闇
抱くやうに

空襲をおそれし日々も多摩川の岸辺に小さく
菫匂へり

菩提樹は伸ぶ

人影に月桃の花をつと去りし喪章に似たる六月の蝶

道譲る身に月桃の花ふれてかすかに匂ふ六月の香の

若夏の草木に光り降り出でし雨は静かに土の香たたす

光ひき君が言葉は流星となりて夏野の涯に消えたり

摩文仁野を目指す道々月桃のつゆ光りをり標のごとく

七十年いづくに眠る汝(なれ)なるや「ひめゆりの塔」
に名のみ残して

すれ違ふ車なき道キビ畑の先なる慰霊碑幾基
ひそけし

戦跡の無人売店に供花三束(みたば)小菊はややに萎えて人待つ

「魂魄の塔」に供ふる花にしむ雨は声なき死者の泪か

贈り来し仏陀の国へ続く空を指して摩文仁の
菩提樹は伸ぶ

波上の浜

上京の家族の船を見送りぬ祖母(おほはは)とわれと波上(ナンミン)の浜に

つぎ当てし芭蕉衣（バサー）にさらに継ぎかさね祖母は
在ましき戦後の沖縄（シマ）に

沖縄の祖母を恋ひつつ普通語に馴れぬわれゐ
る教室の隅

沖縄語（ウチナーグチ）の暮し離れて東京の小学校に口籠りゐき

幼き日の記憶の断片つなげたるモザイクの径暗色ばかり

捨てがたき家族写真の背景の庭木々が語る昭和の華やぎ

色褪せし写真は時代を留めをり父の威厳と控へ目の母と

わづか残る庭に金木犀かをれども此の実家（いへ）に
もう耀きはなく

父母のいづれに似しかとはらから六人の会話
はづみし日もありにしを

蕃石榴（ばんじろう）盆の頃ほひ香りきてしきりに懐はす亡
き人びとを

蕃石榴の熟実かをれる盆三日部屋のいづくか
祖母の気配す

うす雲は残照ふふみ海（うな）果ての空に天女の領巾（ひれ）
となびかふ

仲秋の月にしたがひ慎ましき光となれる一つ
星あり

手触るれば破れむばかり古布（こふ）われの脆くも揺るる今日の心は

風のこゑ

送り盆部屋に昭和の香りせり供へし島の芭蕉(バサナイ)熟れて

紙銭(ウチカビ)を焼く火ためらふ如く燃え別れ惜しむや
送り盆(ウークイ)の夜

落日と夕雲追ひつ追はれつつ秋の一日の暮色
深まる

潮風の間なく吹きしく万座毛秋の阿旦の声し
やがれたり

今しばし薄れずあれなゆくりなく触れたるみ
手のその温もりの

形見なる紫水晶むらさきの澄みてをみなのひ
と生（よ）偲ばす

姉の胸に揺れゐしを憶ふペンダントわが胸元
にあえかに澄めり

何となく子よりの電話待たるるに時計は早も正子に針置く

旗頭の稽古夜ごとに聞こえ来し祭りも終り風のこゑ冴ゆ

さやかなる秋風通ふ茫原みだれ乱れて陽の光（かげ）
散らす

追儺の豆

九十歳（きうじふ）の裡なる鬼も老いたらむ追儺の豆をゆ
るやかに撒く

九十の齢(よはひ)授かりいよいよに命いとほし逝く刻の惜し

軍国日本の引き金となりし銃声の幻聴となる二月の空に

葉脈の際立ちてゐる枯落葉わが手の甲も紛れ
ゆかむか

掛け合ひのごとく鳴きつつカラス二羽暮色き
ざせる空へ遠のく

耳冷ゆる風の荒れ地の野ひるがほ縋れる草に
もたれ揺れをり

小鷺四羽身を寄せあへる影にじむ三角池にき
さらぎの雨

辺野古の海はぐくむ生命あるものを埋め立て
進む基地新設に

開票を待つまでもなき県民投票（とうへう）の新基地反対
七二パーセント余

過る翳

激戦の過去もありしに島のうみ澄みて底ひに陽光(ひかげ)遊ばす

ガラスボートにのぞく海底平和なり海鼠(なまこ)・
海星(ひとで)ののつとりと臥す

敵艦の幻影は吾の視野にのみ子らは浜辺に声
あげ遊ぶ

エルニーニョの影響なりや島のうみ白き珊瑚
の廃墟つづけり

ガラスボートゆ覗く海底弾丸(たま)潜みゐるむかふ
と過る翳

不発弾撤去の告示貼られゐる沖縄戦を呼び覚ますがに

不発弾の処理は海底くつがへし天(そら)突くごとき水柱立つ

深ぶかと足取られゆく砂浜に抜き差しならぬ
一つ事思（も）ふ

度の合はずなりし眼鏡を蔵ひおく抽きだしに
旧き戦友のごと

伊集の花

トラックの迷彩柄のホロの奥米軍兵士の眼鋭し

車窓より眼に追ふのみの伊集の花ことさらに
愛(を)し梅雨の晴れ間を

視野狭くなればうらやむ複眼の塩辛トンボの
さとき動きを

月光のほの明る野にこぼれ来し星かとおもふ
白き十薬

辛酸を舐めしことのみにあらざれど慰霊の日
にして空の鼠色(ねずいろ)

薄雲のただよふ中に見え隠れオスプレイ一機
迷鳥に似て

甘き香を寝間に届けし月橘の今朝は散りゆく
いさぎよく散る

卒寿なる吾に三十年保(も)つといふ塗装薦むる電話の若者

昏れさうで昏れぬ夏空　卯白のやうな夕月ほわりと浮かす

戦時の電車に

慰霊の日新たに思へと梅雨のあめ月桃の葉を
傾けしづくす

麦踏みもしたる戦時よ麦秋の旅に記憶の足裏(あうら)より湧く

女子(をみなご)も敵討つべしと薙刀の教科ありにき気合鋭く

混み合へる戦時の電車にすべもなく見てゐき
女（ひと）の髪の虱（しらみ）を

基地問題疎外し政府は新春を凧揚げならぬ
オスプレイ（みさご）を飛ばす

石抱きの刑のごとしもブロックを重く沈める
辺野古の海に

心臓の大きさといふ握り拳　基地反対に人ら
弛めず

いのち

地上戦の真中の故郷遥かにて戦意に従きゐし
吾の愚直よ

地上戦ありしを知らざる沢藤の若木のどかに
花房ゆらす

国護る銃後の我らと気負ひたり掛け声高く薙
刀を振り

瓦礫踏み軍需工場へ通ひたる足裏に知る日本の敗北

今日よりは安けき眠りと思ひしにまなこ冴えゐき八月十五日

B29の来襲の止むいくさののちも疑心暗鬼に耳さとくゐき

焼夷弾さけつつ逃げし空襲の夢あざあざと今に汗ばむ

戦争の恐怖を恐怖と思はざりし若き日のあり
洗脳の恐怖

地位協定に胡座をかきて米兵の蛮行いつまで
絶えぬか沖縄

忘れ潮にぶく光らせ風よぎる睦月の浜は人影
もなく

果て遠く寄せきて返る冬の波どどろどどろと
寂しさ誘ふ

天の月地の吾孤なり屋上に街の物音しづもる
真夜を

眠られぬ夜半を頭上に卵黄のしずくのごとく
点る豆球

明六つを夏のおきなは目覚めそむ雲に茜のふちどりをして

那覇大綱挽近き夜ごとを若者の稽古の声は闇おし祓ふ

一瞬を庭に弾けし照明弾の記憶をひらく花火
の大輪

目覚めしを今朝の幸とし香片（サンピン）のすがしく香る
御茶湯（ウチャトゥ）供ふ

那覇大綱挽

いまだ暑き晩夏を犬はぴっちりと服着せられて息を荒くす

プルメリアの一つ白花甘き香を幼は吾の手の
平に置く

看取り終へ辿る家路に沿へる川夕陽は淡き光
を揺らす

夕光(かげ)を翼にまとふ白鷺の光ひきゆく水面にひくく

死の悼み・生れしよろこび並びたる新聞歌壇に現世を思ふ

捨てかねて書架に戻しぬ数冊の本より深き思ひたちきて

風絶えし夕昏れの野に高高と電力風車の白き沈黙

台風の運び来し塩害に打たれたる緑ひと日に
錆色さらす

籠り居る老の心もそそのかし祭りの爆竹賑々
と爆ず

世界一の大綱引くと那覇祭に二十八万の掛け
声撥ぬる

東西に綱引く人ら大波のうねり描けり声も和
しつつ

加はりてゴムざうりに曳く外国人足ゆび十本
踏んばりてをり

那覇祭のフィナーレの花火散り果てて取り残
されし如き細月

新しき明日の

火の神（ヒヌカン）の若水汲み来し友の面をさやかに照ら
す元旦の太陽（ティダ）

新春の水を吸ひあげ水仙の茎青く透く玻璃の
花瓶に

沖縄の正念場なりと綴り来し今年の賀状重く
受け止む

戦争の過去形とならぬ沖縄に基地を海まで溢れしむるか

アルバイトはガリ版刷りにいそしみき婦人参政権初の選挙に

夜半の風に触れて散りたる月橘のいのちの余(よ)
香(かう)いまだ木下に

常緑樹おほふ御嶽(ウタキ)にひとすぢの湧水ときをり
落葉のせゆく

いく夜さを水漬（みづ）く落葉か白じろと葉脈のレースのみが残れり

啄木歌碑・迢空歌碑の建立を企てし人ら大方在さず

幽かなる波音きかむ沼空の「那覇の江」の歌
刻める碑の辺に

＊那覇の江にはらめきすぐる夕立はさびしき船をまねく濡らしぬ
（一九八三年建立）

「新しき明日の来るを」の啄木の碑に対き吾
に来る明日思ふ

＊新しき明日の来るを信ずといふ自分の言葉に嘘はなけれど——
（一九七七年建立）

父のトランク

置きし場所わすれてゐたる携帯電話の思はぬ
闇に明滅しをり

老いの脳（なづき）杳き記憶は消えがたし叛乱事件の雪のきさらぎ

卒業式なくて工場の退所式春うそ寒き戦時のさなか

若き日の家は毀たれ大樟と金木犀のふたもと残る

父のかよひし国会議事堂を仰ぐわれにさくらは霏々と雪のごと降る

平らかな一生(ひとよ)ならざりし父眠る墓苑におだし
き鶯のこゑ

晩春を余花ひつそりと零れをり葉ざくら仰ぐ
石段のすみ

小鳥らの実を食べつくし寂かなる桜は日々に
みどり深くす

色あせし旅のステッカー余すなきトランクに
父の足跡しのぶ

百足旗

古りし石垣続く小路に振り返るいにしへ人の気配ふとして

＊テレビ「琉球の風」セット跡四首

遠き世の渡来の人ら偲ばする復元の反り橋は
中国風とふ

緑陰を映せる井戸へ下る石段（きだ）リュウキュウコ
スミレ人待ちがほに

亜熱帯の樹木しげれる園のうら雀・鵯（ひよ）らの語
らひしきり

百足旗（むかでばた）高くなびかせ船馳せし大交易の世あり
し沖縄

福建より渡来の人ら久米村（クニンダ）に史（ふみ）重ねきつ幾変
遷を

福建の末裔多き久米（クニンダ）に久しく住めどエトラン
ゼか吾

引き潮に現はれし磯広ごりて春の陽に映ゆ石蓴（あをさ）のみどり

風やはき昼の潮干の磯浜に点景となる石蓴採る人

石蓴とる二月の浜の岩伝ひ人は無心に籠みたしゆく

潮溜り風にさ揺らぐ水底を覗く時の間幼に還る

朱の衣うち掛けしごと生垣の火焔かづらはなだれ咲きたり

火焔蔓のネーブルいろの花ゆるるアーチに凭れる君は妖精

のどやかに寄せゐし波を甦らする古き画帳の
辺野古大浦

チビチリ洞

銀合歓の細枝を乱す風ありて「ハブに注意」
の看板のぞかす

洞(ガマ)への石段(きだ)よけて傾く巨き樹にオホタニワタ
リの着生たくまし

重なれる葉間(はあひ)に空は斑(はだら)なし光をこぼす洞(ガマ)のあ
たりに

幾千羽いのり込めにし折鶴の重なり垂るるチビチリ洞（ガマ）に

まなこ閉ぢ集団自決の惨問へどチビチリ洞（ガマ）は沈黙の底

米軍に囲まれし洞に投降か自決か心裂かれし
人ら

洞（ガマ）近き草むらに舞ふ小さき蝶人おづるなく肩
に寄り来つ

黄金森

三十余の壕存在(あり)しとふ黄金森(クガニムイ)けふ20号の入口に佇つ

整へられし壕内に今も籠りゐむここに果てたる人々のこゑ

横穴壕蛇身のごとく細き中この重圧はいづこより来る

病院壕に数多の傷兵診たまひし医師の悲憤を
胸痛く聴く

手に届く天井に残る〝姜〟の文字刻みし人の
後の生(よ)思ふ

病院壕ありし黄金森歳月の繁り繁らしし草樹のさやぎ

自決はた置き去りにされし傷兵の呻きもあらず風の声のみ

普天間の基地の移設の模糊として島押し包み
梅雨は降りつぐ

慰霊の日近きを思（も）ふや月桃（ゲッタウ）の花うなかぶす小
暗き雨に

桜追ふ旅

弾かるる思ひに旅立つ慰霊の日　地上戦の体験なき吾は

鬱々とこもれる梅雨のゆふつかた離岸の汽笛
湿りてひびく

定家蔓いにしへの恋のかをり顕ち夜の香を追
ふ生垣に沿ひ

月の浜辺、星降りし野辺も蜃気楼ひとは哀惜
のみを残して

先生と仰ぎたる人おほかたは此の世に在さず
わが老いを知る

この世にてもはや逢へざる君が名に戒名を添
ふ古りし写し絵

思ひ出は連なりてきて若き日の写真捨つるを
けふも諦む

所在なく塗るマニキュアの色淡し桜追ふ旅ゆくあてもなく

無言館

村落に人影見えぬ信濃路はあぢさゐ盛る雨に直青(ひたあを)

哀しみに分け入る如くいくたびを隧道（トンネル）くぐる
無言館遠し

赤松も贋アカシアもみすずかる信濃の雨にす
がた潤めり

無言館われらこゑなく絵に対ふ戦に逝きし無
念聴かむと

乙女さびし妹（いも）をモデルに遺したる彩色やさし
七十年（ななそとせ）の余も

戦ひに命果てたる画学生の筆いきいきと鶏頭(かまつか)
は燃ゆ

男の貌まなざし深く憂ひあり油彩の奥より物
言ひたげに

画学生の手紙・ハガキは黄土いろガラスケースに顔近寄せぬ

書けざりし事ありたらむ検閲印まなこに迫る戦場の手紙（ふみ）

無言館の土につゆけき合歓の花まろき綿毛と
紛ふくれなゐ

絹の道

梅雨寒の雨に暗める「絹の道」繁り合ふ樹の
枝重々し

鑓水（やりみづ）の「絹の道」資料館のかきつばた江戸を
偲ばす江戸紫に

生糸豪商の欄間残れり唐獅子の彫りの勢ひ駆
くるばかりに

織らるるを待つかに生糸・繭玉の仄かな艶も
て糸車の辺に

一匹の蚕を育て艶めきし繭一つ掌にしたる日
遥か

繭ごもりいのち遂げむと身は透きて蚕ひたすら糸吐きゐしよ

生糸商の人ら通ひし「絹の道」面影もなく月見草咲く

貿易の主たりし養蚕支へたる昔日の農婦らの
労を偲べり

桑都（さうと）とふ呼称も薄れし八王子の桑畑の跡に家
建ち並ぶ

八木重吉記念館

亡き母の好ましし とふ野牡丹を嫁いつくしむ
その紫を

山藤の短き花房風を呼び風鈴のごと高きに揺るる

生垣の定家葛はなだれ咲き香りほのかに風説のせ来

君がみ墓訪ふ町は雨　街路樹のハナミズキし
んと潤むうすべに

忽然と逝きたまひたる悲しみはおもむろに沁
む満ち潮に似て

花かをる八木重吉の記念館　木下に優しき詩
集を開く

旅先の新聞につい探しをり〝沖縄〟の文字〝辺
野古〟の文字を

細き路よぎれば林それぞれの樹のかぜ匂ふ樹
のかぜ光る

残鶯のさやけき声を宿らする林に入りてわた
しも一樹

沖縄の紺青の海迫りきて機内に旅の疲れ消え
ゆく

何の花の香

リハビリの歩みを止め海のぞむベンチに座る
秋の風のなか

骨折の巳年女よ外し寝るコルセットに添ふ脱け殻のかげ

海山も人も服従するのみの台風（かぜ）の攪乱ただ去るを待つ

秋のそら耀ふあした集ひきて鳩は群舞をくり返しをり

修正を重ねて原型とどめざる歌は消しゴムの粉となりたり

封じ込めし懐ひを時に溢らしむ首細き壺賜びしは遥か

甘えたる記憶おぼろな母の膝　かの香水は何の花の香

柄杓に撒く海水弧をなしきらめける塩田あり
きむかし潟原（かたばる）

沖縄に生れし宿命を思ふ夕　ひき潮ぐぐと足
すくはむとす

海彼よりたどりつきたる流木は風の運べる砂に埋もれず

遠海鳴り

救急車は一一〇か一一九か住所氏名を絶え絶えに告ぐ

担架よりベッドにどさりと移さるる鮪の陸揚げ頭かすめて

夏休みと旧盆に飛機まんぱいと五日経て子は病室に現る

病棟の冷房に季節感うしなへるわれに息子は
猛暑伴れくる

傾くるラムネに玉を上下させ嘘の一つを呑み
くだしたり

那覇港の沖ゆ近づく一艘は落日に片身きらめかしつつ

夕昏れを一つ三つ四つ蛍火の淡さに島の灯はともりそむ

黙深くありし一日を託したる海は寂かに闇か
さねゆく

病室の玻璃越しなれど日もすがら遠海鳴りの
内耳に荒るる

たまさかに子供らの声よぎりゆき面会時間の病棟なごむ

雨女われを病室に閉じ込めて視界の限り空の水色

水平線に添ふごとく下降の飛機の光ゆふべ薄
羽かげろふ思はす

昨日は晴れ今日はくもりの体調に投薬加減を
医師悩みゐむ

もしや塗師天にも居るや残照の朱の一刷毛長く引きたり

ＡＩのすすむ今世の診断を薬袋に詰め退院バンザイ

久米(くにんだ)なかみち

イペー咲き黄に明る道ゆく午后の携帯に孫の
合格のこゑ

プルメリアの落ち花匂ふ夜の机いのちの白の
衰ふるまで

愛撫なす春風ありて白銀の髪梳くごとく茅花
なびかふ

椅子に坐す孫の背(そびら)に重ねつつ少年の日の吾子
をみてをり

野犬狩り去りゆくまでを家裏に野良犬抱きて
ひそみゐし吾子

テープより夜半に幾度も呼び出だす壮く逝きにし人の歌ごゑ

速やかな足音に若きら我を過ぐタンポポしやつきり立つ春の路

立春の風はサテンの肌ざはり頬にふれては遠
ざかりゆく

たまはりし口紅つやめくワインいろ老いの唇
はつか華やぐ

話し声こぼれてゐるむか帰京の子の夜具のみ残
る部屋のどこかに

「くにんだなかみち」の標識(しるべ)と龍柱たつ路を
うりずんの雨濡らしてゆけり

あとがき

歌集は生涯で一冊ときめて、一九九五年に『青い夜』を上梓致しました。

あれから四半世紀が過ぎ、九十歳の齢を数えるようになりました。過ぎ来し方はあざやかに蘇るのに、未来は靄がかかったようにしか見えません。明日より過去へと傾きがちな日々に、『青い夜』以降の作品を読み返すなかで、これらの歌を葬り去ってしまうのが心残りになりました。九十歳をひとつの区切りとして、あと一冊の歌集出版を思い立ちました。

その矢先に急な病で三箇月の入院と、一箇月のリハビリを余儀なくされました。一人居の心許なさも加わり、気力、体力の衰えを感じて出版を半ば諦めておりました。その後体調が戻るにつれて気力も回復し、ふたたび第二歌集への思いが湧いて参りました。

十五年戦争の時代に成長して、敗戦後に焦土と化した、東京での暮しは苦しいものでした。父の公職追放もあり、一変した暮しのなかで暗い青春時代を送ることになりました。

そんな私にも幸福な想い出があります。戦前のお正月にはつややかに丸髷を結った母が読み手となり、兄や姉達と六人で百人一首をしたひとときの記憶です。和歌の韻律が心から離れず、憂鬱な日々の救いとして、少しずつ詩歌に近づいてゆき、短歌を作り始めるようになりました。

復帰前の沖縄に帰ってからの十年間は一人の友人も居りませんでした。一九七〇年頃から短歌の投稿を始め、歌会にも出席する機会も増えました。指導して下さる先生方や歌友との交流にも恵まれ、短歌は私の生き甲斐となりました。

今は亡き先生方や諸先輩の皆様、そして現在の私を支えて下さる「碧」短歌会（代表・森淑子）の皆様や沖縄の歌友のお一人お一人にこの場を借りてお礼を申し上げます。

今回の出版にあたっては渡英子様にお力添えを頂きました。御夫君には歌稿入力の労を取って頂きました。お二人のご助力がなかったなら、出版は再び頓挫していたかも知れません。この度のご厚情に深く深く感謝申し上げます。

三六四首を収めましたこの集の題名は、入院中に九階の病室から毎日眺めて居りました海の歌、「病室の玻璃越しなれど日もすがら遠海鳴りの内耳に荒るる」から、渡様に付けて頂きました。

尚、砂子屋書房の田村雅之様には、細やかなご配慮を頂きました。沖縄とのかかわりの深い田村様にお任せできたこと、装幀を倉本修様にお願いできたことに、心より御礼申し上げたいと思います。

二〇一九年十一月二十三日

屋部公子

著者略歴

一九二九年（昭和四年）　沖縄県那覇市若狭町に父・伊禮肇、母・音子（後、千絵子に改め）の五女として、生れる（二月三日）。

一九三五年（昭和一〇年）　就学のため、両親姉妹の居る東京府品川区大井山中町に上京。大井第一尋常小学校に入学。

一九四一年（昭和一六年）　常磐松高等女学校に入学。

一九四四年（昭和一九年）　戦争激化により学業中止し女子挺身隊として蒲田の内燃機工場にて働く。

一九四五年（昭和二〇年）　五年生卒業が四年生修了となり三月工場にて出所式行われる。

四月、聖心女子学院専門学校歴史科に入学。

八月一五日敗戦となる。父、公職追放さる。

一九四八年（昭和二三年）　聖心女子学院専門学校歴史科卒業。

一九五五年（昭和三〇年）　六月、祖母の住む沖縄を一時訪問（十日間）。

一九五六年（昭和三一年）　五月、沖縄再度訪問。
一九五七年（昭和三二年）　沖縄に永住を決め、帰郷。
一九五八年（昭和三三年）　結婚。
一九六〇年（昭和三五年）　長男出産。
一九七〇年（昭和四五年）　中河幹子主宰の「をだまき」に入会。次いで「芽柳」（現
翠麗）〈主宰・泉国夕照〉に入会。
一九七一年（昭和四六年）　「女人短歌会」（代表・長沢美津）に入会。
一九七七年（昭和五二年）　「沖縄啄木同好会」入会。
一九七九年（昭和五四年）　「日本歌人クラブ」、「梯梧の花短歌会」に入会。
一九八〇年（昭和五五年）　琉球新報社「第一回琉球歌壇年間賞」金賞。
一九八三年（昭和五八年）　「沖縄タイムス歌壇」選者となる。
一九八六年（昭和六一年）　日本現代詩歌文学館評議員（沖縄）となる。
一九九一年（平成三年）　「沖縄タイムス歌壇」選者を辞す。
一九九五年（平成七年）　第一歌集『青い夜』（不識書院刊）出版。
第三〇回「タイムス芸術選賞」文学部門の奨励賞。
一九九六年（平成八年）　沖縄啄木同好会代表。
一九九七年（平成九年）　「女人短歌会」（代表・長沢美津）解散。
一九九九年（平成一一年）　「緋桜短歌会」入会。

二〇〇〇年（平成一二年）　琉球新報社「新報歌壇」選者となる。
二〇〇一年（平成一三年）　「現代歌人協会」に入会。
二〇〇三年（平成一五年）　「糸瓜会」入会。
二〇〇七年（平成一九年）　「をだまき」主宰・池田まり子逝去により解散。
二〇〇八年（平成二〇年）　元「をだまき」同人の創刊「碧」に参加。
二〇一六年（平成二八年）　琉球新報社「琉球歌壇」選者を一二月に辞す。
二〇一九年（令和元年）　「矢車草の会」同人。

歌集　遠海鳴り

二〇二〇年二月三日初版発行

著　者　屋部公子（やぶ・きみこ）
　　　　沖縄県那覇市久米二―一五―二〇　3F（〒九〇〇―〇〇三三）

発行者　田村雅之

発行所　砂子屋書房
　　　　東京都千代田区内神田三―四―七（〒一〇一―〇〇四七）
　　　　電話　〇三―三二五六―四七〇八　振替　〇〇一三〇―二―九七六三一
　　　　URL　http://www.sunagoya.com

組　版　はあどわあく

印　刷　長野印刷商工株式会社

製　本　渋谷文泉閣